¡EN EQUIPO CON EL SR. SUPERCOYOTE!

Sarah Kartchner Clark

CONSEJOS PARA LA REPRESENTACIÓN DEL TEATRO DEL LECTOR

POR AARON SHEPARD

- No dejes que el guión te cubra la cara. Si no puedes ver al público, necesitas bajar el guión.
- Levanta la vista a menudo. No mires el guión demasiado.
- Habla despacio para que el público entienda las palabras.
- Habla en voz alta para que todos te oigan bien.
- Habla con emoción. Si el personaje está triste, la voz debe expresar tristeza. Si el personaje está sorprendido, la voz debe expresar sorpresa.
- Mantén una buena postura. Mantén quietos tus manos y tus pies.
- Recuerda que aun cuando no hables, eres el personaje que interpretas.
- Narrador, deja que los personajes tengan suficiente tiempo para hablar.
- Si se ríe el público, espera hasta que dejen de reírse antes de continuar.

CONSEJOS PARA LA REPRESENTACIÓN DEL TEATRO DEL LECTOR *(cont.)*

POR AARON SHEPARD

- Si un miembro del público habla, no le prestes atención.
- Si alguien entra en el cuarto, no le prestes atención.
- Si te equivocas, pretende que todo va bien.
- Si se te cae algo, intenta dejarlo en el piso hasta que el público dirija la vista a otro lugar.
- Si a un lector se le olvida leer su parte, trata de hacerlo por él. Inventa algo. Sigue a la siguiente línea. ¡No se lo susurres!
- Si un lector se cae durante la representación, haz como si no hubiera pasado.

¡EN EQUIPO CON EL SR. SUPERCOYOTE!

Personajes

Narrador 1
Narrador 2
Narrador 3
Supercoyote
Granjero Joe
Granjero Jack

Escenario

Esta obra de teatro tiene lugar en las granjas del Granjero Joe y del Granjero Jack.

Acto 1

Narrador 1: Todos han oido todo sobre el Superzorro/Fantástico Sr. Fox, el zorro más astuto que existe.

Narrador 2: Y han oído hablar del Lobo Malo…

Narrador 3: ¡Pero permítannos hablarles del…

Narrador 1: más listo,

Narrador 2: más astuto,

Narrador 3: y más veloz

Narrador 2: coyote del oeste!

Supercoyote: ¡Ése soy yo! ¡El Sr. Supercoyote! Soy el coyote más listo de los alrededores. ¡Vaya, que soy tan listo como mi primo! Probablemente hayan oído hablar de él. Se llama Superzorro/Fantástico Sr. Fox. ¿Han leído su historia escrita por Roald Dahl?

Narrador 1: Harían bien en creerme que el Sr. Supercoyote era el coyote más listo de los alrededores. Es que era muy largo y delgado para un coyote. Podía meterse en cualquier agujero. Le encantaba cazar conejos y pollos.

Narrador 2: ¿Y el más veloz?

Supercoyote: Más veloz que veloz…

Narrador 1: ¡Pim!

Narrador 2: ¡Pam!

Narrador 3: ¡Pum!

Narrador 2: Y estaba hecho.

Supercoyote: ¡Y tan callado, que ni siquiera me podían ver! ¡Magnífico! ¡Glorioso! ¡Inteligente!

Narrador 3: Y no cabe duda de que el Sr. Supercoyote era el coyote más fuerte de la zona. Transportaba rocas hacia arriba y hacia abajo de la montaña sólo para mantenerse en forma. De esa manera, los pollos y los conejos que robaba a los granjeros no le parecía pesados cuando se iba corriendo.

Supercoyote: ¡Nadie puede acarrear tantas piedras como yo. Llámenme el Súper Macho. ¡Nunca se me cayó ni una!

Narrador 1: En efecto, algunos decían que ése era su problema. ¡Es que era demasiado listo, demasiado astuto y demasiado veloz!

Poema: Mí mismo y yo

Acto 2

Narrador 2: Los problemas del Sr. Supercoyote comenzaron cuando robó un conejo y un pollo más de la cuenta al Granjero Joe y al Granjero Jack.

Narrador 3: Granjero Joe era el mejor granjero de pollos de esta zona. Sus apreciados pollos eran tema de conversación en el pueblo. Incluso les cantaba a sus pollos. Él creía que eso hacía que les crecieran las plumas más suaves.

Narrador 1: Si veía que una gallina estaba poniendo un huevo, hacía parar y callar a todos para no molestar al pollito. Pero, noche tras noche, los pollos del Granjero Joe iban desapareciendo uno por uno. Granjero Joe trataba de mantenerse despierto para atrapar al culpable, pero no era lo suficientemente rápido. O se quedaba dormido. (Hacer ruido de ronquidos.)

Narrador 2: Una vez, el Sr. Supercoyote hizo un túnel por debajc de la tierra. El túnel iba hasta el piso del gallinero de la granja de Granjero Joe. El Sr. Supercoyote sólo tenía que quitar las tablas del piso para meterse adentro.

Narrador 3: Ese coyote llevaba escondido tres días en el galliner antes de que Granjero Joe se diera cuenta de lo que estaba sucediendo.

Narrador 1: Así es. Granjero Joe perdió cinco pollos en esa ocasión.

Granjero Joe: ¡Esos pobres pollos no pudieron defenderse! Pero le di una lección. Construí otro gallinero con piso de cemento. No hay nada mejor que el cemento.

Narrador 2: Otra vez, el Sr. Supercoyote irrumpió en el gallinero al mediodía.

Supercoyote: Eso fue realmente astuto de mi parte, ¿no? Soy muy astuto. ¡Genial!

Narrador 3: Espere un momento, Sr. Supercoyote. Eso pudo ser astuto, pero por poco lo pillan.

Narrador 1: Es cierto. Coincidió que fue el día en que Granjero Joe estaba regando su huerta.

Narrador 2: Él tenía la manguera. Y estaba cargada con agua helada.

Narrador 3: Cuando estaba trabajando, Granjero Joe miró hacia el gallinero.

Narrador 1: Notó un par de orejas por la ventana del gallinero.

Granjero Joe: ¡Ninguno de mis pollos jamás tuvo orejas!

Narrador 2: Granjero Joe comenzó a correr hacia el gallinero con la manguera a toda presión.

Narrador 3: Había agua por todas partes. . .

Supercoyote: ¡Burrrrr! Salí volando en un instante. Si hay algo que detesto, ¡es el agua fría!

Granjero Joe: ¡Ja, ja! Por poco le congelo la cola.

Narrador 1: Pero la última gota fue cuando el Sr. Supercoyote trató de hipnotizar a los pollos de Granjero Joe.

Supercoyote: ¡Ja, ja, ja! El único que cayó en el truco fue un pollito joven. ¡Ni se dio cuenta de lo que le pasó! ¡Ja, ja, ja!

Acto 3

Granjero Joe: ¡Maldita sea! Ese coyote se llevó uno de mis preciosos pollos otra vez! ¿Cómo pudo suceder?

Narrador 2: ¡Ya estaba harto! Temprano el día siguiente, Granjero Joe fue a la granja de su amigo, Granjero Jack. Granjero Jack y Granjero Joe se conocían desde hacía mucho tiempo.

Granjero Joe: ¡Estoy dispuesto a cazar al ladrón! ¡A esa alimaña mugrosa!

Narrador 3: Granjero Jack estaba ocupado en hacer una fila de jaulas para los conejos. Granjero Jack también era buen granjero. Criaba preciosos conejos. Llevaba sus conejitos cada año a las ferias del estado y del condado. Cada vez ganaba el premio de mejor de todo.

Narrador 1: No era raro ver que Granjero Jack cepillara la piel de sus conejitos, por la mañana, tarde y noche.

Narrador 2: También Granjero Jack tenía sus problemas con el Sr. Supercoyote.

Narrador 3: Claro que los tenía. Sucedía que la comida favorita del Sr. Supercoyote era el guiso de conejo.

Supercoyote: ¡Claro que sí! Me encanta la manera en que la carne se desprende de los huesos. Sólo de pensarlo se me hace agua la boca. ¡Mmmm!

Narrador 1: Un día temprano, Granjero Jack sacó a todos sus conejos de paseo. Estaba tratando de lograr que sus preciados conejos fortalecieran sus músculos.

Narrador 2: El Sr. Supercoyote podía oír los saltos que daban, y no pudo resistir.

Narrador 3: El Sr. Supercoyote se acercó sin hacer ruido a una fila de conejos y los metió en una cesta.

Narrador 1: Granjero Jack oyó los chillidos de sus conejos y se dio la vuelta a tiempo para ver al Sr. Supercoyote corriendo a toda prisa hacia el bosque.

Narrador 3: Granjero Jack corrió detrás del coyote, pero se perdi de tal modo que tardó cinco horas en encontrar su granja de nuevo.

Supercoyote: ¡Ja, ja, ja! ¡Yo corrí en círculos a tal velocidad que no había forma de que pudiera alcanzarme! ¡No señor! ¡Hoy no! ¡Salí de allí a todo dar!

Granjero Jack: Se me parte el alma sólo al pensar en esos preciosos conejos. Esos adorables pequeños conejos que son mi orgullo y mi gozo.

Narrador 1: Así que, cuando llegó Granjero Joe al gallinero aquella mañana, Granjero Jack estaba más dispuesto que lo que jamás había estado.

Granjero Joe: ¡Hola, Jack! ¿Hola? ¿Hola? ¿Estás ahí?

Granjero Jack: Hola. Sí, Joe. Aquí estoy. ¿Qué necesitas? ¿Qué hay de malo? ¡Parece que estás furioso!

Granjero Joe: Ese coyote astuto ha comido su última cena de pollo. Necesito ayuda. ¡Oye lo que te digo! Ese coyote no volverá a comer pollo. No si yo lo puedo evitar. ¿Me ayudas a cazarlo?

Granjero Jack: ¡Sí, creo que puedo ayudarte! Yo he intentado cazarlo por mi cuenta una y otra vez. He puesto trampas, pero ninguna ha funcionado. Tiene una piel muy dura. ¡El Sr. Supercoyote es claramente demasiado listo, demasiado astuto y demasiado veloz!

Granjero Joe: Pero, si unimos nuestras fuerzas e ideas, ¡yo creo que podemos cazar a ese coyote astuto!

Narrador 3: Los granjeros se dieron la mano y comenzaron a planear en voz baja.

Narrador 1: Hasta altas horas de la noche, los granjeros hicieron un plan para cazar al Sr. Supercoyote. El sol ya se estaba asomando en el horizonte cuando terminaron Ambos granjeros se pusieron de pie, estiraron las piernas y se dieron la mano de nuevo.

Joe y Jack: ¡Aquí vamos, Sr. Supercoyote! Ya puedes empezar a correr, a esconderte, ¡porque nosotros no tomamo prisioneros!

Canción: Coyote astuto

Acto 4

Narrador 2: De este modo, los granjeros habían formado un equipo para burlar al Sr. Supercoyote. De inmediato pusieron su plan en marcha.

Narrador 3: Granjero Jack y Granjero Joe se prepararon para que el Sr. Supercoyote desayunara. El coyote usualmente comenzaba su comida de la mañana con una deliciosa y jugosa pierna de pollo.

Narrador 1: Mientras tanto, el Sr. Supercoyote acababa de levantarse. Se estiró largo y fuerte y se dijo a sí mismo,

Supercoyote: ¡Caramba, tengo hambre esta mañana! Creo que voy a ir a cazar uno de los preciosos pollos de Granjero Joe.

Narrador 2: Granjero Joe acababa de entrar arrastrándose en el gallinero disfrazado de pollo. Sabía que no podía impedir al Sr. Supercoyote entrar en su gallinero. ¡Pero sí podía parar al coyote desde dentro!

Narrador 3: Granjero Jack se había escondido detrás de una roca con un palo grande. Su parte del plan consistía en aporrear al Sr. Supercoyote en la cabeza cuando saliera corriendo del gallinero. ¡Granjero Joe sabía que Granjero Jack obligaría al Sr. Supercoyote a salir corriendo con la cola entre las patas!

Granjero Joe: ¡Pssss! ¡Hey, Jack!

Narrador 1: Granjero Joe quería saber si Granjero Jack estaba en su sitio.

Granjero Jack: Aquí estoy y estoy listo para empezar. Agarremos a este coyote antes de que se dé cuenta de lo que le ha pasado. ¡Ya no volverá a molestarnos!

Joe y Jack: (en voz baja) ¡Vamos!

Narrador 2: El Sr. Supercoyote salió sin hacer ruido de detrás de un roble grande y miró a ambos lados para ver a Granjero Joe. No lo vio. Así que entró en el gallinero.

Narrador 3: El Sr. Supercoyote fue demasiado rápido. Antes de que Granjero Joe pudiera saltar y agarrarlo, el Sr. Supercoyote ya estaba dando su primer mordisco.

Granjero Joe: ¡Pío pío!

Narrador 1: Granjero Joe chilló en voz alta como un pollo. Estaba rojo de rabia y estaba decidido a que el Sr. Supercoyote no agarrara otro pollo. Gritó a Granjero Jack que viniera a apalear al astuto coyote.

Narrador 2: Granjero Jack oyó el ruido dentro y llegó corriendo desde el lugar de su escondite. Llegaba con el palo en la mano. Se quedó de pie junto a la puerta, esperando que el coyote saliera corriendo del gallinero.

Narrador 3: Las plumas volaban por todas partes. Era difícil distinguir entre el coyote y los pollos. Metido entre los animales estaba Granjero Joe intentando atrapar al coyote.

Acto 5

Narrador 1: Granjero Jack podía ver la conmoción dentro del gallinero, pero no podía distinguir cuál era el Sr. Supercoyote.

Supercoyote: ¡Caramba! ¡Tengo que salir de aquí! ¡Socorro! Llamen al 9-1-1.

Narrador 3: Echó a correr hacia la puerta y pegó un salto para salir.

Narrador 1: ¿Lo logró?

Narrador 2: El Sr. Supercoyote saltó de nuevo, pero no podía pasar por la puerta. ¡Estaba demasiado gordo! Hab subido de peso mucho en los últimos días con su dieta de piernas de pollo y guisado de conejo.

Joe y Jack: ¿Qué?

Narrador 3: ¡Exacto! El Sr. Supercoyote no cabía por la puerta. Cada vez que lo intentaba, Granjero Jack le daba un golpe en la cabeza. Eso lo hacía volar hacia atrás donde Granjero Joe lo empujaba otra vez hacia la puerta.

Granjero Joe: Dale otro golpe, Jack. Ésta es nuestra única oportunidad. ¡Puedes atraparlo! ¡Pégale más fuerte!

Granjero Jack: Estoy intentándolo, Joe, pero no sale por la puerta. ¿Dónde está ese coyote? ¡Le voy a dar algo que no podrá olvidar! ¡Sííí, señor!

Supercoyote: ¡No quepo! ¡Qué vergüenza! ¡Será la buena comida de mamá!

Narrador 1: Se quejaba y lamentaba mientras saltaba y se estremecía.

Granjero Jack: ¿Pero qué hacemos?

Granjero Joe: Vamos a ver…

Narrador 2: Granjero Joe y Granjero Jack hicieron un plan nuevo. Las cosas no les habían salido como planearon. Querían atrapar al viejo coyote, sin duda, ¿pero así? ¿Dentro del gallinero? Parecía demasiado puro y sencillo. El primer paso fue que el Granjero Joe sacara a todos sus pollos.

Narrador 3: Por mucho que lo intentara, el Sr. Supercoyote no podía salir. Se sentó a esperar su suerte.

Granjero Joe: Podríamos matarlo, sabes, pero eso no parece bien.

Granjero Jack: ¿Qué? ¡Eso es lo que planeamos hacer toda la noche!

Granjero Joe: Trabajamos juntos y agarramos a ese astuto coyote Ciertamente podemos pensar en algo. Hagamos otr plan juntos para ver si podemos solucionar nuestro dilema…

Narrador 1: Y comenzó a reírse burlonamente.

Narrador 2: De esta manera, los granjeros se sentaron a discutir todas las opciones. Se dieron cuenta de que el Sr. Supercoyote sólo estaba atrapado de momento. Se escaparía cuando bajara de peso. Pero, trabajando e equipo, fueron creativos.

Granjero Jack: Contrataremos al Sr. Supercoyote como nuestro perro guardián. Podemos alimentarle día y noche. Estará inflado con comida; no volverá a tocar a nuestros animales. Estará tan atiborrado que preferirá estar muriéndose de hambre.

Granjero Joe: ¡Pero sólo le daremos helado, refrescos y pizza! No bajará de peso con una dieta así. Nuestro plan es perfecto.

Narrador 3: El Sr. Supercoyote mantuvo el peso y aun lo aumentó. Su trabajo era aullar cada vez que oía a un intruso. Esto les daba a los granjeros tiempo suficiente para agarrar al ladrón antes de que pudiera hacer daño.

Narrador 1: Cada vez que oía algo afuera, el coyote lanzaba un largo aullido. La próxima vez que oigan un aullido por la noche, piensen en el Sr. Supercoyote en su nuevo trabajo. Seguro que lo han escuchado, pero no se preocupen. Se ha unido a los granjeros y se juntó a su equipo.

Supercoyote: Algunos días, pienso si todo esto no será un sueño.

Narrador 2: Hemos llegado al final de nuestra historia, queridos amigos. Pero recuerden la lección que les hemos compartido. Es lindo trabajar como equipo, ya saben. Es mejor compartir y tener cuidado. Así que, la próxima vez que tengan que resolver un problema, no lo hagan solos. ¡Pidan a sus amigos que trabajen en equipo!

MÍ MISMO Y YO

No necesito de nadie más
Sólo a mí mismo necesito.
Soy el mejor. Soy el mayor.
A mi fiesta no te invito.

Puedo hacer cualquier cosa.
No quiero que me ayudes.
Puedo hacerlo yo mismo.
No hay nada que me des.

Lo quiero así, a mi manera.
Dámelo completo.
Puedo hacerlo yo mismo.
Espera para verlo.

No necesito de nadie más
Sólo a mí mismo necesito.
Soy yo y estoy orgulloso
De todo lo que se me dio.

Mírame correr, y mírame desaparecer.
Atrápame pero no creo que puedas.
Puedo hacerlo yo mismo.
Espero que me creas.

COYOTE ASTUTO

Coyote astuto, cuídate
porque van a engañarte ya lo verás
Un día los granjeros te atraparán
Trabajando juntos, ya no molestarás.

Eres muy fuerte, eres veloz
Eres muy astuto
Pero ahora trabajando en equipo
Vamos a atraparte.
¡Ojo!

Coro–*Coyote astuto,*
es hora de correr.
Te crees muy listo, pero no sabes
que en equipo se puede hacer más.

Coyote astuto, cuídate
porque van a engañarte ya lo verás
Mira tu ya lo sabes
Los granjeros te atraparán.
(atrápalo, atrápalo)

Comes gallinas y conejos también
Pero eso no es justo
Ahora en equipo contra ti
Coyote, no eres tan astuto.

Repetir el coro

Coyote astuto,
es hora de correr.
Te crees muy listo pero no por siempre
Porque en equipo se puede hacer más.

GLOSARIO

chillidos — llorar o gritar.

conmoción — alboroto o confusión.

gallinero — jaula o edificio pequeño para los pollos.

hipnotizar — hacer que uno entre en un estado como de sueño.

intruso — alguien que no es bienvenido.

jaula — la caja para aves y conejos.

macho — mucha fuerza o poder.

aporrear — golpear con un palo.

Roald Dahl — autor de *Superzorro/Fantástico Sr. Fox* y de otros libros.

suerte — resultado esperado.